P9-ARR-716

Sapo
y un día muy especial

Max Velthuijs

Ediciones Ekaré

Título del original: *Frog and a Very Special Day*
Publicado por primera vez en Inglaterra
por Andersen Press Ltd., London WC2
Traducción: Carmen Diana Dearden

Impreso en Italia por Grafiche AZ, Verona
ISBN 980-257-259-4
HECHO EL DEPÓSITO DE LEY
Depósito Legal lf1512001800175

01   02   03   04   05   06   07   10 9 8 7 6 5 4 3 2 1

Sapo estaba desayunando.

—Hoy es un día muy especial —pensó emocionado.

Liebre lo había dicho ayer, pero Sapo no tenía la menor idea
de por qué era tan especial.

"Y qué quiere decir eso de muy especial", pensaba.
Seguramente es algo maravilloso.

Salió a caminar. El sol brillaba, no había ni una nube en el cielo
y el día estaba lindo y cálido. Pero eso no era nada especial.
Ayer había sido igual, y antes de ayer, y el día antes de ése también.
Decidió ir a preguntarle a Pata.

—¿Pata, qué clase de día es hoy?

—Mmm, déjame ver -dijo Pata-, hoy es viernes. No, espera...
tal vez es miércoles. ¿O acaso, será martes?

—¿Tiene algo especial? -preguntó Sapo.

—No, nada -dijo Pata-. Es simplemente hoy.

"Pata tonta", pensó Sapo. "Está confundida.
No sabe absolutamente nada.
Quizás Cochinito sepa algo más".
Cochinito siempre lo sabía todo.

—¿Cochinito, qué clase de día especial es hoy? –preguntó Sapo.
—Es día de lavar –respondió Cochinito–. Tengo que lavar las sábanas
y toda mi ropa. ¿Quieres que te lave tu traje de baño?
—No, gracias –contestó Sapo–. Pero, Cochinito, ¿no hay nada...
bueno, especial de este día?
—No que yo sepa –dijo Cochinito.

Sapo se fue refunfuñando.

"¿Qué día especial?", pensó. "No puedo encontrarle nada especial. ¿Entonces, qué quiso decir Liebre?"

En eso apareció Rata con su morral lleno de compras.

—Rata -preguntó Sapo- ¿Hoy es un día especial?

—Claro -contestó Rata- todos los días son especiales.

Mira a tu alrededor y verás qué bello es el mundo.

La vida entera es especial.

Sapo estaba desesperado.

—Pero Liebre me dijo que hoy era un día especial, un día *muy* especial. ¡Diferente de los demás! –gritó.

—Pues no lo sé, –dijo Rata tranquilamente– para mí todos los días son especiales.

"Liebre se burló de mí", pensó Sapo enojado. "¡Qué mala jugada!
No es en absoluto especial y además ni siquiera me gusta.
Es igual a cualquier otro día".
Furioso, Sapo se marchó a buscar a Liebre para decirle
lo que pensaba de él. ¿Cómo se atrevía a hacerlo pasar por tonto?

Pero Liebre no estaba en su casa.
Lo que sí había era una nota pegada en la puerta.
Decía algo de una fiesta. Sapo no pudo leerla muy bien.

Sapo se sentó a llorar.

—A Liebre lo invitaron a una fiesta -lloraba-. Eso fue
lo que quiso decir. Y ni siquiera me invitó a ir con él.
Qué maluco.

¿Qué clase de fiesta podría ser?
Seguramente una con mucha limonada
y tortas y banderines por todas partes...

Sapo se lo podía imaginar claramente. Banderines rojos,
amarillos y azules... y por supuesto habría canciones y bailes.
¡Ay, cómo le gustaría estar allí!

Sollozando, Sapo volvió a su casa. Para su sorpresa,
había una bandera en el techo. ¿Qué podría significar?
¿Habría entrado alguien en su casa?
¡Quizás era un ladrón!

Cuando Sapo abrió la puerta, no podía creer
lo que estaba viendo. Su casa estaba decorada
con banderines y flores, y la mesa estaba llena
de tortas y limonada.

Y ahí estaban sus amigos: Pata, Cochinito, Rata y Liebre.
Y todos cantaron, −cumpleaños feliz, te deseamos a ti...

Sapo miró al techo. Había banderines colgados por todas partes:
rojos, amarillos, azules y verdes, de todos los colores.
Era exactamente como se lo había imaginado.

—Felicitaciones en tu cumpleaños –lo saludó Liebre.

—¿Mi cumpleaños? –preguntó Sapo, sorprendido–. Lo había olvidado completamente.

—Pero nosotros no –dijo Liebre.

Y entonces, ¡cómo celebraron! Cantaron, bailaron y comieron
mucha torta y bebieron mucha limonada.

Y Rata tocó "Porque es un muy buen amigo" en su violín.
La fiesta duró hasta muy tarde en la noche.

Cuando todos se habían marchado, Sapo se acostó feliz.
—Nunca olvidaré este día -pensó-. Liebre tenía razón.
Fue un día muy, muy especial.